Analyse de l'œuvre

Par Nathalie Roland
et Noémie Lohay

Le Passeur de lumière

de Bernard Tirtiaux

Rendez-vous sur lepetitlitteraire.fr et découvrez :

Plus de 1200 analyses
Claires et synthétiques
Téléchargeables en 30 secondes
À imprimer chez soi

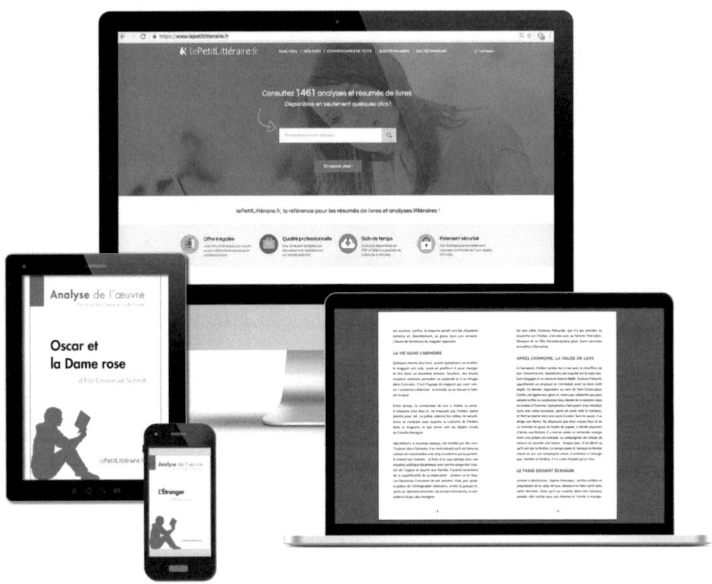

BERNARD TIRTIAUX

ÉCRIVAIN, MAITRE VERRIER ET METTEUR EN SCÈNE BELGE

- **Né en 1951 à Fleurus (Belgique)**
- **Quelques-unes de ses œuvres :**
  - *Les Sept Couleurs du vent* (1995), roman
  - *Le Puisatier des abîmes* (1998), roman
  - *Pitié pour le mal* (2006), roman

Né en 1951, Bernard Tirtiaux se passionne très jeune pour les arts. En tant que maitre verrier, il a réalisé de nombreuses œuvres, dont la « cathédrale de Lumière » à Viroinval (Belgique), en tentant de reproduire les techniques anciennes.

Homme de théâtre, il a créé plusieurs spectacles présentés dans l'espace théâtral qu'il a bâti au sein de la ferme de Martinrou, à Fleurus (Belgique). Également écrivain, ses ouvrages s'ancrent principalement dans l'époque médiévale et la Renaissance : parmi eux, *Les Sept Couleurs du vent* ou *Aubertin d'Avalon* (2002), mais aussi, dans un cadre plus contemporain, *Pitié pour le mal* ou *Le Puisatier des abîmes*. Homme engagé, il invite toujours son lecteur à s'interroger sur lui-même et sur le monde à travers la mise en scène d'une quête initiatique. On lui doit également des poèmes, des chansons, ainsi qu'un opéra.

LE PASSEUR DE LUMIÈRE

L'ART VERRIER

- **Genre :** roman
- **Édition de référence :** *Le Passeur de lumière*, Paris, Denoël, coll. « Folio », 1993, 400 p.
- **1re édition :** 1993
- **Thématiques :** art verrier, Moyen Âge, initiation, croisades

Récit historique et initiatique, *Le Passeur de lumière* emmène le lecteur sur les traces de Nivard de Chassepierre, un jeune orfèvre et maitre verrier originaire de Huy (Belgique). Ce dernier vit une aventure hors du commun qui lui fait traverser l'Europe et l'Orient en quête d'une pierre et de l'apprentissage de l'art du verre. Sa recherche de la perfection artistique l'amène à traverser des épreuves difficiles, mais également à découvrir l'amour.

Premier roman de Bernard Tirtiaux, *Le Passeur de lumière* a été traduit en plusieurs langues (allemand, roumain, croate, espagnol, anglais) et a reçu de nombreux prix.

RÉSUMÉ

LA RENCONTRE DE SAINTE-CROIX ET D'AWEN

En 1113, Nivard de Chassepierre, 16 ans, tue le seigneur de Barvaux (Belgique) – qu'il juge responsable de la mort de sa mère – lors d'un duel. Soigné chez son ami Amaury de Flémalle, il chemine ensuite en direction de Huy, où l'attend impatiemment maitre François, celui qui l'initie à l'orfèvrerie depuis quatre ans.

Trois ans plus tard, alors que Nivard travaille sur une châsse (coffret abritant une partie de corps ou un objet ayant appartenu à un saint) de saint Materne, il lui manque une pierre pour orner son œuvre. Maitre François lui conseille donc de partir avec Rosal de Sainte-Croix, qui prépare un voyage en Orient avec d'autres chevaliers. Nivard quitte Huy pour le château de Malen, où réside Sainte-Croix ; il y est pris en charge par Mamouk, qui veille à son confort, et tombe sous le charme d'une jeune femme noire, Awen.

Sainte-Croix, convaincu que Nivard doit être intégré à son projet, se rend à Huy pour voir le travail de l'orfèvre. De retour à Malen, il remet à Nivard une lettre de maitre François : des hommes sont venus à l'atelier en accusant le jeune homme d'avoir tué le seigneur de Barvaux. Tandis qu'il est déjà en mauvaise posture, la situation de Nivard ne tarde pas à empirer. De fait, alors que le château accueille de nouveaux chevaliers, une dispute éclate entre les servantes ; pour protéger Awen – avec laquelle il a entamé une liaison –,

Nivard s'interpose et tue le fils du seigneur, venu venger son père. Sainte-Croix condamne Nivard aux oubliettes pour lui donner une leçon, mais le libère dès le lendemain.

L'INITIATION À L'ART DU VERRE

Après avoir reçu la bénédiction de l'évêque, les voyageurs se mettent en route, progressant avec difficulté à cause du mauvais temps. Ils font une première étape dans l'abbaye cistercienne de Clairvaux (Aube).

Nivard visite les lieux et s'intéresse au travail des artisans qui posent des vitraux. Sainte-Croix lui explique le motif de leur voyage et son projet : il lui propose de participer à la réalisation de vitraux d'églises et, en échange, il s'engage à lui trouver la pierre qui manque à sa châsse. Nivard accepte et commence, pour s'initier à l'art du verre, une formation à travers l'Europe sous la responsabilité d'Hugues de Payns.

Accompagné de Soma, l'écuyer de ce dernier, Nivard, effectue une étape à la cathédrale de Chartres, puis apprend les bases du métier auprès de Gautier de Chartres, à Senonches (Eure-et-Loir). Découvrir la matière en fusion fascine le jeune orfèvre, qui poursuit son apprentissage à l'abbaye de Saint-Benoit. Soma et lui y sont accueillis chaleureusement par dom Pedro, un alchimiste qui a obtenu des verres aux couleurs subtiles. Mais, lors d'une expérience menée par ce dernier, un incendie se déclare et provoque la mort de plusieurs personnes ; dévasté, l'alchimiste se suicide.

DE PARIS À CONSTANTINOPLE

Les deux compagnons se rendent alors à l'abbaye de Saint-Denis (Seine-Saint-Denis), où Hugues de Payns les attend. Là, Nivard découvre un vitrail de Perse et s'émerveille de ses couleurs. Il ne reste cependant pas longtemps au monastère de l'abbé Suger : accusé du meurtre de dom Pedro, il est en effet arrêté et écroué. Soma explique à Hugues qu'ils ont seulement voulu masquer le suicide du moine. Ils se rendent alors à l'abbaye et exigent que le corps soit exhumé : Nivard et Soma sont reconnus innocents. De retour à Paris, Hugues retrouve difficilement Nivard et le fait libérer.

Dès lors, Soma et Nivard se rendent à Augsbourg, en Allemagne, où ils rencontrent le maitre verrier Guido Maier. Celui-ci, qui est comme un père pour ses employés, fait découvrir à Nivard « la chaleur d'un foyer » (p. 169). À Gunzbürg (Allemagne), dans les ateliers de Guido Maier, le jeune homme approfondit ses connaissances ; Soma, quant à lui, se découvre une passion pour la forge et montre fièrement son premier travail à Nivard. De retour à Ausbourg, ils aperçoivent Gaëlle, la fille cadette du verrier, en train de se promener sur les échafaudages de la cathédrale ; elle chute, mais est sauvée par Nivard.

Les deux compagnons quittent l'Allemagne pour l'Italie, mais le voyage est pénible et, lorsqu'ils parviennent au lac de Côme, Hugues de Payns est fou de rage à cause de leur retard : ils ont à peine le temps de se reposer une nuit qu'il leur faut déjà repartir, et lorsqu'ils arrivent à Constantinople, les autres membres de l'expédition de Sainte-Croix viennent d'en repartir. Ils parviennent toutefois à les rattraper deux jours plus tard.

LE VERROTARIUM

Avec émotion, Nivard retrouve Awen – qui a porté un fils dont « la vie n'a pas voulu » (p. 203). Les chevaliers se racontent leurs aventures, et, pendant quatre mois, ils continuent ensemble leur progression vers l'Orient. Ils profitent aussi du voyage pour initier Nivard dans leurs domaines de connaissance respectifs (mathématiques et sciences, architecture, minerais, etc.) ; ils lui demandent également de lire les textes saints et de s'en inspirer.

À Ghassan (Syrie), Nivard rencontre Khalim Rhamir, grand-père d'Awen et auteur du vitrail qu'il a admiré à Saint-Denis. Celui-ci s'est lancé dans une véritable quête à travers le monde pour « fixer dans le verre toutes les variations du spectre lumineux » (p. 230). Tandis que les chevaliers se rendent à Jérusalem, Nivard et le vieil homme travaillent main dans la main et se lancent dans un projet d'envergure : un verrotarium – une demi-sphère constituée de 360 vitraux – qu'ils achèvent en 1125.

Pendant sept ans, Nivard vit heureux, entouré d'Awen et de leurs trois enfants, jusqu'à ce que Sainte-Croix l'emmène à Jérusalem pour qu'il découvre les travaux des chevaliers. À son retour, il assiste au décès de Khalim Rhamir, puis prépare son retour en France.

Alors qu'il est occupé à ranger ses ateliers, Nivard est pris d'une angoisse profonde et se précipite au domaine : il y découvre les corps mutilés d'Awen et de leurs enfants, assassinés par des pillards qui incendient la demeure, puis s'attaquent à Nivard, le laissant pour mort, amputé d'une jambe.

Après une longue période entre la vie et la mort, au cours de laquelle Soma et Mamouk mettent tout en œuvre pour le sauver, Nivard survit et veut fuir. Avec Soma, ils cheminent vers l'Europe et, en 1127, Nivard est de retour à Huy. Entretemps, Sainte-Croix a terminé sa châsse en y ajoutant la pierre promise au début du récit, et Nivard se rend à l'église pour la voir.

Toujours accompagné de Soma, il retrouve son frère, Guillaume, et son épouse, Coline, qui les accueillent dans leur maison. À la fin de l'année, Guillaume part pour affaires ; Nivard viole alors Coline, qui se refusait à lui, avant de s'enfuir. Il part avec Soma à Clairvaux, puis à Troyes (Aube), pour y retrouver, en janvier 1128, les chevaliers qui faisaient expédition avec eux. Tous sont surpris : ils le pensaient mort.

D'AUGSBOURG À STRASBOURG

Après avoir fabriqué de quoi se déplacer sans béquille, Nivard repart avec Soma pour Augsbourg, où ils retrouvent Guido Maier et sa fille Gaëlle, également souffleuse de verre. Nivard voulant reprendre un travail d'ouvrier, Guido le charge d'un emploi au monastère de Tegernsee (Allemagne) ; l'artiste s'immerge alors complètement dans ce nouveau projet. Théophile, un moine auteur d'un traité sur le verre, s'intéresse de près à son œuvre et, d'abord réticent, Nivard l'autorise à observer sa pratique, pour autant que son nom ne soit jamais mentionné dans ses écrits.

Guido étant en manque de couleurs et de verres, Nivard part pour la verrerie de Günzburg. Cependant, lors du montage des premiers vitraux, il se rend compte que la lumière lui a joué des tours et est déçu par ses choix. Les chantiers se succèdent ensuite pour le verrier, que l'on surnomme désormais « l'Adepte », un surnom provenant de l'alchimie – l'adepte est en effet un alchimiste réputé qui est parvenu à la création de la pierre philosophale ou à la réalisation d'un grand œuvre – et qui témoigne de la qualité sans égale de ses vitraux.

Entretemps, Gaëlle, dont Nivard s'est rapproché, apprend le décès de son père et repart pour Augsbourg. Un an plus tard, sans nouvelles d'elle, Nivard et Soma partent à sa recherche ; lorsqu'ils la retrouvent enfin, ils découvrent qu'elle a été violée et vit retirée dans un cloitre, détruite. Rapatriée plus tard auprès de Nivard, elle meurt et emporte avec elle « un coin de transparence » (p. 371).

DOMPTER LA LUMIÈRE

Sainte-Croix attend Nivard à Strasbourg : il a besoin de lui pour la conception des vitraux des cathédrales de Sens (Yonne), du Mans (Sarthe) et de Saint-Denis. Nivard découvre alors l'ampleur de la tâche qui l'attend et prépare de nouveaux mélanges de couleurs dans l'atelier de Senonches, qu'il réinvestit, tout en travaillant sur les trois chantiers.

À Paris, Suger lui explique les thématiques abordées dans

les vitraux et le presse de commencer son travail ; le verrier refuse tant qu'il n'a pas « les tons de l'harmonie » (p. 364). Des orfèvres mosans participent également au chantier. Parmi eux, Nivard retrouve Amaury de Flémalle, qui lui apporte une lettre de son frère : Guillaume n'ignore rien de ce qui s'est passé, et Coline a donné naissance à un fils, Clément, à qui elle a révélé l'identité de son vrai père peu avant de mourir.

Parti à la recherche de Nivard, Clément accompagne Amaury. Après une rencontre pleine d'émotions, Clément se met rapidement à l'art du verre, travaillant avec son père sur les vitraux de Chartres. Grâce à Nivard, qui a su dompter la lumière, l'ouvrage est enfin en place.

Entretemps, Rosal, occupé à tailler des rosaces de pierre, décède lorsque l'eau envahit la carrière. Sur la route de Reims (Marne), Nivard, Clément et Soma sont pris dans un orage et s'abritent dans une église isolée ; le cheval de Nivard s'enfuit, apeuré. Resté seul pendant que ses compagnons lui cherchent une nouvelle monture, Nivard imagine les vitraux qui pourraient combler l'église en chantier ; il entame un véritable corps à corps avec la lumière, jusqu'à découvrir enfin « l'harmonie lumineuse parfaite » (p. 396). Là, déstabilisé par un faucon gerfaut, il chute d'un échafaudage et meurt.

ÉTUDE DES PERSONNAGES

NIVARD DE CHASSEPIERRE

Orphelin de père, Nivard est placé en apprentissage chez maitre François, orfèvre de renom, à l'âge de 13 ans. Homme au « corps de pierre » (p. 13), « grand, osseux, carré » (p. 35), il est doté de cheveux d'un blond lumineux, ainsi que d'un regard sombre, intense, qui brille d'une « lueur d'enfance » (p. 164).

Enfant « taiseux » et « buté » (p. 19), il présente d'emblée une curiosité et une sensibilité artistique affinée, puis se passionne rapidement pour l'orfèvrerie. Initié à l'art du verre au sein de divers ateliers d'Europe, fasciné depuis toujours par le feu et la lumière, il se met en quête de « l'harmonie lumineuse parfaite » (p. 396) : une harmonie de tons purs, accrochant la lumière de manière idéale ; une harmonie qui « résiste à tout, celle qui n'appartient qu'à ceux qui ont l'oreille collée sur l'âme » (*ibid.*).

Nivard tombe amoureux d'Awen dès leur première rencontre au château de Malen ; c'est auprès d'elle et de leurs trois enfants qu'il vit les années les plus heureuses de sa vie. Si ses relations avec son frère Guillaume, auquel tout l'oppose, sont plutôt tendues, ses aventures lui offrent en la personne de Soma un parfait confident et complice, quasi fraternel. Rosal de Sainte-Croix, quant à lui, apparait pour Nivard comme une figure paternelle – d'autant qu'il fut l'ami proche de Thibaut, le vrai père du jeune homme.

Nivard de Chassepierre est indubitablement doté d'une certaine éthique personnelle : fidèle à sa compagne, c'est un être « droit, taillé d'une pièce, ne faisant de concessions ni à lui-même ni aux autres » (p. 237) ; il est capable de se porter au secours d'un soldat du convoi en désobéissant à Hugues de Payns, ou de protéger un enfant en prison.

Son parcours est à la fois placé sous le sceau d'une certaine violence (il applique sa propre justice en assassinant le seigneur de Barvaux, exécute son cheval rétif et viole la femme de son frère, Coline) et sous celui de la repentance (il regrette profondément sa violence envers Coline, ce qui se traduit aussi par son attitude vis-à-vis de Gaëlle, dont il refuse les avances : « Il ne veut rien prendre, rien voler, rien éveiller, être juste un passeur de lumière sur sa barque de verre », p. 311).

La violence dont il fait preuve témoigne de son impulsivité, mais trouve aussi probablement sa source dans la souffrance qui jalonne sa route. Son chemin est en effet profondément et constamment marqué par la perte : décès de son père, puis de sa mère ; fuite de son pays ; mort en couches de son premier fils ; décès de Khalim Rhamir ; assassinat d'Awen et de leurs trois jeunes enfants ; décès de Gaëlle (qui n'était déjà plus que l'ombre d'elle-même) ; mort de Coline ; enfin, décès de Rosal.

Le poids de ces différentes épreuves va d'ailleurs jusqu'à se refléter dans sa physionomie : il est décrit comme « un homme marqué au fer par la souffrance, mais animé d'un regard exceptionnellement intense » (p. 352) ; « l'âpreté s'est inscrite dans ses traits » (p. 296). En outre, il a été amputé d'une jambe par les pillards qui ont tué les siens. Mais si Nivard est un être torturé, il est avant tout un homme entier, vouant son existence à sa quête, qu'il laisse diriger ses voyages et escales. Profondément atteint par la perte de sa famille, sa recherche de lumière et de perfection lui permet de dépasser sa souffrance en visant l'oubli de lui-même – c'est pour se remettre au travail qu'il crée un pilon de bois lui permettant de remarcher.

Épuisé physiquement et moralement, sa rencontre avec son fils Clément – qu'il initie à l'art du verre et avec lequel il travaille sur plusieurs chantiers –, à la fin du récit, lui permet cependant de reprendre vie. Il meurt dans un accident, juste après avoir découvert l'harmonie lumineuse dont il rêvait tant.

ROSAL DE SAINTE-CROIX

Chevalier ayant participé à la première croisade (1096-1099), Rosal de Sainte-Croix y a rencontré Thibaut de Chassepierre, le père de Nivard. Il incarne d'ailleurs pour le jeune homme une figure paternelle chaleureuse ; c'est lui qui propose à Nivard de se joindre à son expédition, le dirigeant ainsi vers l'art du verre et la quête de la lumière.

Personnage avenant, sa sympathie se lit dans sa physiono-mie : « la chaleur est bonne sur son visage de brique, auréolé de cuivre et damasquiné de fils d'argent » (p. 110) ; « trapu et vigoureux » (p. 58), il a le regard franc et « le manque de finesse de ses traits n'altère pas la grâce de son visage » (*ibid.*).

Si son chemin est aussi marqué par la douleur (tous ses enfants meurent en couches ; sa femme se retire dans un monastère ; il perd ensuite Awen et fait longtemps le deuil de Nivard, présumé mort), Rosal est un personnage pacifique, d'une tolérance exemplaire, qui contraste avec les mœurs de son époque :

- il recueille ainsi Awen, jeune fille noire et musulmane, et la traite comme sa propre fille ;
- il bénit son union avec Nivard, pourtant rejetée par la religion catholique ;
- il tolère la justice personnelle de ce dernier – s'il le jette aux oubliettes pour avoir occis un homme dans sa maison, il le libère rapidement et le convie à joindre son expédition dès le lendemain ;
- il accueille également Mamouk, dont l'« escorte avai[t] été lapid[ée] par des villageois bien-pensants, qui trouvaient leurs costumes trop amples et leurs carnations trop sombres à leur goût » (p. 220) ;
- enfin, il condamne la mise à mort des assassins de la famille de Nivard (« Comme si la mort des uns pouvait ramener les autres à la vie ! », p. 256).

Architecte, Rosal est fasciné par les pierres, qui « soulèvent les âmes de ceux qui les érigent » (p. 110). Il est l'un des organisateurs de l'expédition vers l'Orient, une croisade intellectuelle et spirituelle : avec ses compagnons, Sainte-Croix est en effet mu par une soif de savoir, mais aussi un désir de bâtir des monuments à la gloire de Dieu, et d'innover techniquement et artistiquement. Cette fascination pour la pierre ainsi que son dévouement corps et âme à son projet de cathédrales lui coutera la vie : lorsque la carrière de pierres où il était occupé à tailler des roses est inondée, il refuse de s'enfuir, poursuivant sa quête jusqu'à la mort.

SOMA

Soma est « un écuyer nubien, titanesque [...] un colosse noir, jovial et expressif » (p. 105-106) au service d'Hugues de Payns. Il se démarque par sa douceur, sa bonne humeur inaltérable – qui lui permet de se lier rapidement avec ceux qu'il rencontre – et son sourire permanent.

Assigné à la compagnie de Nivard, il en devient rapidement très proche, puis partage ses aventures durant une quinzaine d'années ; ainsi, bien que Soma l'appelle « maitre », les deux hommes semblent le plus souvent égaux et entretiennent une profonde amitié.

Homme déraciné, empreint de solitude, il ressemble en cela à Nivard, auquel il est entièrement dévoué ; il sauve d'ailleurs sa vie plus d'une fois. Le lien qui les unit passe davantage par le regard que par la parole, perçue comme un « luxe inutile et peut-être même une entrave à la perception limpide et profonde qu'ils ont l'un de l'autre » (p. 260). Leurs philosophies de vie diffèrent cependant, Soma étant plus prompt au pardon qu'à la rancune, au rire qu'à la peine.

Soma se découvre en chemin une passion pour la forge, ce qui le rapproche encore de Nivard, puisque leurs passions sont toutes deux liées au feu, et que les deux métiers sont complémentaires. Son premier ouvrage est d'ailleurs une canne de verrier qu'il offre à son ami.

AWEN

Confiée à l'âge de 10 ans à Rosal de Sainte-Croix par Khalim Rhamir, son grand-père, pour qu'elle échappe à la peste, Awen a vu sa mère et sa sœur mourir de la maladie.

C'est une très belle jeune femme, dont la beauté évoque ses origines ; des origines dont elle est fière, ainsi que de sa famille : « Il entre dans sa composition du feu, de l'étain et du cuivre poli. Il s'y trouve aussi un métal noir, seul connu des alchimistes, fluide comme une couleuvre, qui fait que cette race-là ne bouge pas, elle danse. » (p. 97) ; « Elle est magique avec ses plaines de sable, ses oasis, son soleil vertical, son rire de perle. » (p. 101)

Profondément amoureuse de Nivard, Awen accouche seule d'un fils difforme qui meurt peu après sa naissance. Plus tard, en Syrie, où le paysage, en harmonie avec ses racines, semble accentuer sa beauté, elle partage son bonheur avec Nivard et lui donne trois enfants ; là-bas, elle développe également ses talents artistiques, en s'épanouissant « dans la musique et dans le chant » (p. 236) – en breton, son nom signifie d'ailleurs « muse, inspiration (poétique) ».

Sa relation avec Nivard s'entremêle avec l'amour du verre et de la lumière du jeune homme : Nivard est préoccupé par « ce prodige tellement étrange qui a fondu Awen dans sa vie, comme si le verre avait été leur liant secret et la lumière leur affinité viscérale » (p. 222). Ce lien est manifeste lorsqu'ils font l'amour sous le verrotarium, où Awen, associée à divers éléments naturels et artistiques, se fond avec la lumière : « Elle emporte avec elle dans ses mouvements les couleurs

alchimiques de mille diamants éclatés. [...] Elle scintille, elle
étincelle, elle fait miroiter sur sa féminité luisante de chaleur les multiples nuances des verres. [...] Ce jour-là, Nivard
fait l'amour avec la lumière. » (p. 245-246)

KHALIM RHAMIR

« Philosophe et poète [...] se démarquant par son intelli-
gence raffinée et l'élévation de ses pensées » (p. 218), Khalim
Rhamir a dédié sa vie à collecter des connaissances en
matière de verre, avant de se lancer lui-même dans sa fabrication. Comme plusieurs autres personnages valorisés par
le récit, c'est un artiste, « possédé par la poésie, la musique
et par tous les arts qui jouent sur la résonance et la vibration
intérieure » (p. 229). Discret, modeste, ses œuvres lui valent
cependant une haute réputation. C'est encore un homme
curieux et de bon conseil, dont la sagesse, la générosité et
la richesse intérieure sont soulignées même après sa mort.

Dévasté par la perte de la plupart de ses proches et de ses
gens, ainsi que par l'exil forcé de ses deux petites-filles, il se
force cependant à laisser la vie reprendre le dessus : « Un
matin, las de s'apitoyer sur lui-même, il fit rallumer un four
et recommença ses expériences en se forçant d'y croire. »
(p. 231) À l'art, il associe les sentiments, affirmant qu'« il
faut être amoureux pour bien œuvrer en lumière » (p. 326).

Avec Nivard, il construit le verrotarium, un dôme de verres
colorés qui représente le sommet de leur art : « C'est le plus
fantastique joyau de lumière érigé par l'homme. » (p. 234)

CLÉS DE LECTURE

UN ROMAN HISTORIQUE

Le Passeur de lumière est un roman historique ; il mêle des éléments fictionnels (l'histoire de Nivard de Chassepierre) et des éléments réels, puisqu'il prend pour toile de fond l'histoire du XIIe siècle. Il permet ainsi d'aborder de nombreux aspects de la vie au Moyen Âge, en Europe et en Orient.

Le contexte politicoreligieux

Le contexte du roman est d'abord celui des croisades, ces expéditions militaires entreprises par les chrétiens d'Occident pour délivrer les Lieux saints de la présence musulmane – et notamment la première croisade, qui vise à libérer Jérusalem des Turcs Seldjoukides pour permettre aux pèlerins de s'y rendre à nouveau. Ces guerres ont pour conséquences :

- au niveau politique avec la création du royaume chrétien de Jérusalem (1099) ;
- au niveau économique avec l'apparition d'échanges commerciaux entre l'Orient et l'Occident (le récit évoque le safran venu de Perse grâce aux Vénitiens, p. 340) ;
- au niveau religieux avec l'envoi de missionnaires chrétiens afin de convertir les « infidèles » (le roman évoque à ce sujet les massacres des chrétiens lors de la conquête de Jérusalem) ;
- au niveau culturel avec la circulation et la diffusion du savoir. Les croisés découvrent en Orient des techniques

nouvelles (médecine, fortification, culture de la canne à sucre, etc.) et des textes antiques. Le voyage de Rosal de Sainte-Croix a d'ailleurs pour but avoué d'« explorer [leur] connaissance à la lueur de ce qui se fait et se pratique en Orient, rattraper des siècles de retard » (p. 112).

La fondation de l'ordre des Templiers (1119) est également évoquée par l'auteur, et son fondateur, Hugues de Payns, est d'ailleurs l'un des personnages de l'intrigue. Historiquement, cet ordre militaire et religieux, composé de moines guerriers, a été fondé à la fin de la première croisade dans le but de guider, nourrir et surtout protéger les pèlerins.

Cette époque est également marquée par l'opposition de deux groupes de moines qui diffusent leurs idées dans toute l'Europe. D'une part, à Cluny (Saône-et-Loire), les bénédictins suivent la règle de saint Benoit, qui préconise de trouver un équilibre entre la prière et le travail ; d'autre part, à Cîteaux (Côte-d'Or), les cisterciens suivent la règle de saint Bernard : ils vivent coupés du monde, pratiquant une religion très stricte et difficile (silence, pauvreté, pénitence, mortifications, etc.). Leurs disputes sont évoquées au sein du récit, par exemple lorsqu'un moine bénédictin reproche aux cisterciens, dont Bernard de Fontaines, leur ascèse et le dépouillement de l'abbaye qu'ils ont érigée à Clairvaux.

La vie au XIIᵉ siècle

L'œuvre dépeint aussi les conditions de vie au XIIᵉ siècle. Elle met par exemple en avant le climat d'insécurité ambiant qui règne au Moyen Âge : dans les campagnes ou dans les villes, il faut se déplacer de préférence en groupe et durant la journée, car les voleurs sont nombreux, et les routes souvent en mauvais état (« Il arrive que l'on passe des heures et des heures à désembourber le chariot. Lorsqu'il pleut, les hommes marchent plus souvent en grappes autour des roues qu'ils ne sont sur leur selle », p. 101 ; « les chevaliers n'éviteront pas un effondrement de la piste au passage du chariot. Le choc est terrible et brise sec l'essieu arrière », p. 217).

L'arrestation de Nivard permet également d'avoir quelques informations sur le système judiciaire médiéval parisien. À cette époque, il n'y a pas d'unité dans la justice : chaque endroit a ses propres règles et ses propres autorités. À Paris, c'est le prévôt qui représente le pouvoir du roi, notamment en ce qui concerne la justice et les coutumes : aidé de conseillers, d'avocats, de lieutenants et d'enquêteurs, il instruit les procès et rend la justice – il décide des peines, des amendes, etc. La difficulté qu'éprouve Hugues de Payns à retrouver Nivard s'explique notamment par l'absence de registres de prisonniers.

L'auteur dresse aussi le portrait de plusieurs villes et monuments du XIIe siècle. Il évoque notamment :

- Chartres et sa cathédrale. « Chartres, c'est d'abord une cathédrale romane, juchée sur un tertre, au pied de laquelle s'alanguit un village aux rues étroites et grouillantes de vie. C'est aussi des reliquats d'une chênaie très ancienne, peuplée d'arbres immenses » (p. 122) ;
- les métiers (tanneurs, tisserands, fondeurs et autres corps de métier) qui utilisent la Seine, « autant comme réservoir d'eau que comme dépotoir » (p. 148), dans un

Paris « grouillant de monde » (p. 147). « Voyageurs, commerçants, miséreux, vide-goussets emplissent des rues crasseuses. Les enfants courent au milieu des ordures. L'odeur est nauséabonde et monte à la tête » (*ibid.*) ;

* le carnaval à Huy. « Dans les rues, les gens courent dans des vêtements bigarrés et les vielleux font danser leur monde. [...] Les rondes passent et repassent joyeusement. Les jeunes gens, cachés derrière des masques de feuilles ou de plumes, lutinent les belles. » (p. 263)

En outre, le vocabulaire utilisé nous évoque parfois directement l'époque médiévale : Nivard parle de « sa mie » (p. 204) ; Théophile « bat sa coulpe » (p. 305) – c'est-à-dire se frappe la poitrine en disant *mea culpa* –, tandis que le latin, qui est, au Moyen Âge, une langue de culture, plus prestigieuse que les langues romanes vulgaires, apparait à plusieurs reprises (telle la devise que Nivard fait graver sur sa ceinture : « *Quaere Dei lumen post materiam, non gentes.* Chercher la lumière de Dieu à travers la matière au mépris des humains », p. 31).

Des personnages historiques

Enfin, le récit évoque et met en scène des personnages ayant réellement existé, tels que :

* Suger (vers 1081-1151), abbé de Saint-Denis, conseiller des rois Louis VI (1081 1137) et Louis VII (1120-1180) ; il commandite des vitraux de Nivard pour l'abbatiale de Saint-Denis ;
* le roi Baudouin II de Jérusalem (mort en 1131), qui accueille les chevaliers à Jérusalem, où, entre 1118 et 1125, ils

poursuivent leurs recherches ;

- le moine allemand Théophile (xıᵉ-xııᵉ siècles) et son traité *Schedula diversarum artium* ; ce bénédictin souhaite obtenir les secrets de fabrication de Nivard et observe son travail afin d'enrichir son livre sur l'art du verre ;
- Bernard de Fontaines (1090-1153), abbé de Clairvaux ; il accueille l'expédition de Sainte-Croix dans son abbaye, première étape de leur voyage, puis participe au concile de Troyes (1129) pour fixer les règles de l'ordre du Temple ;
- l'évêque Fulbert (vers 960-1028) et le maitre d'œuvre Bérenger, liés à la reconstruction de la cathédrale de Chartres (détruite en 1020) et évoqués lors de la visite de ce même monument ;
- divers chevaliers de l'ordre des Templiers, tels Hugues de Payns (vers 1070-1136), André de Montbard, Payen de Montdidier, Archambaud de Saint-Amand, Godefroid de Saint-Omer ou Geoffroy Bisol, qui ont participé au concile de Troyes. Ces chevaliers participent tous à l'expédition de Rosal de Sainte-Croix, dirigée par Hugues de Payns, et c'est à Troyes que Nivard les retrouvera, après avoir quitté la demeure de son frère.

Le personnage de Nivard a quant à lui été élaboré à partir de certains détails historiques : le même artiste aurait effectivement travaillé sur les vitraux de Saint-Denis, Le Mans et Chartres, où on retrouve l'utilisation, comme dans le roman, d'un bleu cobalt particulier. En outre, tel que l'indique l'épilogue, la cathédrale de Chartres a effectivement été incendiée et reconstruite, tandis que le vitrail de la Vierge a été épargné.

L'introduction de personnages historiques au cœur de la fiction permet d'accentuer l'aspect réaliste du récit et d'ancrer ce dernier dans la réalité historique médiévale ; en outre, le contexte historique détaillé donne également à voir des facettes de l'Histoire avec lesquelles le lecteur est peut-être moins familier.

AMBIVALENCE DE L'ÉGLISE

Bien que Nivard de Chassepierre travaille sur ses monuments de culte, les dogmes de l'Église sont volontiers rejetés par le maitre verrier : de fait, ceux-ci s'opposent à l'existence qu'il souhaite mener et aux valeurs qui sont les siennes.

Ainsi, Nivard se sent « sali [...] dans la plus belle part de lui-même » (p. 117), lorsqu'André de Montbard, l'un des neuf fondateurs de l'ordre du Temple, refuse qu'il intègre le projet des chevaliers en raison de sa relation avec Awen, jeune femme noire et, surtout, musulmane. En revanche, Rosal de Sainte-Croix incarne la tolérance et une foi irréductible à la stricte application des dogmes ; ainsi accorde-t-il sa bénédiction à Nivard et Awen : « Dieu vous porte sa caresse à tous les deux. Le reste, c'est des poussières de parole, qu'il faut balayer de ses oreilles. » (p. 118) Finalement, en dépit des hostilités, Nivard décide de participer au projet, opposant son art au dogme : « Le verre sera ma revanche et celle d'Awen sur cette Église de censeurs. » (*ibid.*)

Mais dans le roman de Bernard Tirtiaux, la critique de l'Église dépasse celle des dogmes pour s'étendre aussi aux guerres saintes, qui sèment la mort au nom de Dieu : « [Le responsable de la verrerie] parle sans honte des sévices perpétrés contre ces pauvres gens, comme s'il avait rendu là un grand service à l'humanité. Il se vante d'autres prouesses telles que le massacre des habitants de Jérusalem auquel il participa activement avec les croisés de France en l'an mil nonante-neuf. » (p. 179)

La perte de sa famille éprouve grandement la foi de Nivard, dont l'art rend en définitive moins grâce à la Création qu'il n'appose un filtre coloré sur ce monde sombre, cruel et imparfait :

> « Comment pourrait-il encore [...] aider les hommes à conduire leur prière vers le ciel [...] avec un corps et une âme mutilés, juste capable de brandir deux poings menaçants à la face de Dieu. [...] Les yeux d'un verrier ne servent à rien si ce n'est à camoufler d'oripeaux de lumière un monde mal fait par un Dieu haïssable, indifférent aux hommes et à leurs peines. » (p. 266)

Néanmoins, choisi pour accomplir cette tâche au plus proche du divin qu'est la capture de la lumière, il se trouve dès lors dans une position ambivalente, qui l'interroge profondément : « Il ne comprend pas cette Église fanatique, élitiste et exclusive qui, d'un côté, n'hésite pas à tuer ceux qui n'embrassent pas sa foi et qui, d'un autre, accepte sans sourciller de faire œuvrer pour elle un homme qu'elle devrait rejeter. » (p. 286)

En définitive, s'il demeure croyant, Nivard cherche à atteindre Dieu par un autre chemin, celui de la lumière, suivant la devise : « Cherche la lumière de Dieu à travers la matière au mépris des humains. » (p. 31)

L'ART AU CENTRE DU ROMAN

Dans son livre, Bernard Tirtiaux accorde une grande importance à l'art, et à l'art du verre en particulier : la lumière y est omniprésente, colorant les personnages, les évènements et les lieux. Mais il explore aussi le thème de la connaissance, qui est l'objectif même de l'expédition de Rosal, une « croisade [...] de savants », une « épopée de l'esprit » que Nivard « pressent dépasser de loin la conscience de son époque » (p. 212-213).

Techniques et conceptions médiévales

Bernard Tirtiaux maitrisant lui-même ce savoir-faire, le roman aborde de nombreux aspects techniques sur l'art du verre au Moyen Âge. Il décrit par exemple un four destiné à la cuisson du verre :

> « Le maitre four [...] ressemble à une énorme ruche percée de nombreux petits alvéoles de lumière. [...] Le premier [étage] est enfoncé partiellement dans le sol. C'est l'étage du bois, du feu et de la cendre. Le second démarre à la hauteur de la taille d'un homme avec ses creusets, ses trouées incandescentes et tout son monde armé de cannes et de pontils. Plus haut, enfin, on trouve verre à recuire, fumées grises et buches vertes. » (p. 125)

Ailleurs, il détaille les gestes d'un forgeron (p. 112-113), ou explique encore comment le verre est peint :

> « Le pigment [...] est une substance poudreuse grisâtre, à base de calamine pilée ou de cuivre battu et brûlé à la forge dans un poêlon de fer, à laquelle on additionne du verre

> finement broyé. Pour appliquer cette poussière au pinceau
> sur la surface vitrée, on la suspend dans du vinaigre, du fiel
> de bœuf ou, à défaut, de l'urine. Une cuisson bien menée va
> incruster le motif dans le verre de façon inaltérable. » (p. 169)

L'auteur évoque également les conceptions médiévales – chrétiennes – de l'art, de l'architecture et de la lumière. De fait, à partir du XIᵉ siècle, certains changements s'amorcent dans la construction des édifices religieux : les architectes parviennent à diminuer la surface des murs et à laisser plus de place aux fenêtres. Laisser passer la lumière, c'est manifester l'existence de Dieu qui, dans la Bible, est associé à la lumière qu'il a créée (dans la Genèse, *Fiat lux*, « que la lumière soit » [chapitre I, verset 3], est la première parole de Dieu lors de la création du monde).

Dans les églises, les fenêtres se parent de vitraux qui, au-delà de toute prétention esthétique, ont un but moral : ces illustrations, en montrant des passages de la Bible, servent à éduquer le croyant, même analphabète. Rosal rêve d'ailleurs d'« une église de transparence qui fasse s'envoler entre ses doigts de pierre la foi des humbles vers un Dieu de tendresse » (p. 113).

Dichotomie entre parole et art

Tout au long du roman, Nivard fait preuve d'une certaine méfiance à l'égard du langage qui semble davantage trahir la pensée et les sentiments que l'art non verbal : « Il voudrait [lui dire qu'il l'aime puissamment], mais il ne sait pas parler, il n'a jamais su parler. Il voudrait le lui montrer, mais pour cela il lui faudrait tous les verres de couleur du monde et

d'immenses roues de pierre pour les faire chanter. » (p. 204)
Dès lors, son langage est souvent simple, élémentaire (« Il a
l'éloquence de sa sincérité, une verve franche, essentielle, à
mille lieues des superlatifs et des digressions », p. 216), voire
absent.

Les mots semblent en effet recéler un danger auquel
Nivard préfère la sécurité du silence : « Nivard n'a jamais
éprouvé le besoin de questionner Soma sur son passé, et
son compagnon de même, comme s'ils redoutaient tous
deux d'endommager par les mots la perception qu'ils ont
l'un de l'autre ou d'ébrécher par excès de bavardage leur
fraternité profonde. » (p. 133) Assortie d'une fascination
pour la lumière, cette défiance vis-à-vis du langage trahit
une conception du monde particulière qui oppose le regard
– sans cesse renouvelé – à la plume, qui fige la réalité sous la
forme des mots ; une conception qui oppose aussi la vie telle
qu'elle est vécue au présent, impénétrable et mouvemen-
tée, à la fixation des connaissances dans le temps :

> « La tâche du verrier le rend humble parce que la lumière
> lui rappelle sans cesse qu'elle est insaisissable, tandis que
> la pratique de l'écrivain est arrogante parce qu'elle englobe
> les choses dans une vérité arrêtée. [...] Nivard, s'il a peur des
> mots et du message fermé des livres, écrit directement dans
> le ciel avec les notes [...] de la gamme. [...] Ce sont des milliers
> de pages que l'artisan corrige dans sa tête, des pages de vent
> [...] qui passent [...] par l'éphémère et mortel regard qui est
> le sien. [...] Un vitrail musicalement juste et souverainement
> écrit a le verbe si riche qu'il n'est pas d'écrivain qui puisse
> prétendre le décrire. » (p. 325-326)

Ce postulat d'une impuissance de l'écrivain implique également que le roman ne peut que donner un aperçu de l'art
majestueux qu'il met en scène ainsi qu'un certain gout de
la lumière, sans vraiment pouvoir rendre compte du travail
des vitraux avec précision. En même temps, l'art devient un
autre langage, capable de se substituer à la parole ; verrerie
et poésie s'entrecroisent, ce que confirme notamment
Rosal : « C'est du beau langage, celui qui va au-delà des
mots, qui ne livre que l'essentiel, [...] qui travaille les ques-
tions et non les réponses. » (p. 353)

Bernard Tirtiaux : auteur et artiste

Verrier depuis plus de 45 ans, Bernard Tirtiaux laisse entre-
voir dans son roman sa vision de l'art et de la lumière.

Dans *Le Passeur de lumière*, lié à l'amour – « Je crois que pour
bien lire la lumière, il faut être amoureux », affirme Khalim
Rhamir (p. 237) –, l'art est aussi volontiers synesthésique, en
ce sens qu'il associe constamment des impressions provenant de champs sensoriels distincts : ici, lumière, couleurs,
poésie et musique se confondent.

Ainsi, Nivard évoque sans cesse des couleurs pures qu'il
découvre comme des « notes de la musique céleste »
(p. 396), tantôt graves, tantôt aigües. Cherchant l'harmonie
lumineuse parfaite – une harmonie de couleurs pures, lim-
pides, adaptées à toutes les heures du jour et à toutes les
expositions –, il remarque que « les couleurs cherchent les
mots et les notes de musique et l'Adepte se retrouve à son
insu poète et musicien. Il a rangé devant lui les tons glanés
de la mélodie » (p. 394).

Cette vision trahit celle de l'auteur, qui tente dans chacune de ses œuvres – vitraux, romans, chansons, etc. – de « trouver la meilleure façon [d']exprimer la quête [de la lumière] » (Hendrickx S., « Avec Bernard Tirtiaux, écrivain et maitre verrier », in *fibbc.net*, 7 janvier 2013).

Enfin, la lettre adressée par Rosal à Nivard témoigne également de sa fascination pour la lumière, insaisissable, et de l'insatisfaction incessante de l'artiste face à son œuvre :

> « Tu seras seul avec tes yeux, en équilibre entre le céleste et le terrestre [...]. Tu seras dans l'insaisissable [...] et tu ne pourras jamais être sûr de ce que tu as capté. La lumière est diffuse, fugace, changeante, capricieuse. Elle a toutes les ruses. Jamais tu ne serais satisfait de ton ouvrage, si beau soit-il. Jamais tu n'auras assez de couleurs [...] pour donner vie à un vitrail comme tu le souhaites, jamais tu n'auras la certitude de colorer juste comme on chante juste. » (p. 120)

UNE QUÊTE INITIATIQUE

Le Passeur de lumière met également en scène une quête initiatique. « Le récit d'initiation (à un art, à savoir ou un mystère) [...] sui[t] les étapes de la formation d'un personnage » (Aron P., « Récit initiatique », in Aron P., Saint-Jacques D. et Viala A. (dir.), *Le dictionnaire du littéraire*, Paris, Presses universitaires de France, 2002, p. 519), avec un schéma narratif récurrent :

> « Il met en scène un héros jeune (souvent de sexe masculin), et un Mentor, une série de séquences d'apprentissage, et une phase de transition vers une conscience supérieure. [Il] mobilise le rêve et les mystères et postule souvent

qu'échapper à la réalité quotidienne, c'est pénétrer dans le non-rationnel. » (*ibid.*)

Et en effet, Nivard commence sa formation d'orfèvre à l'âge de 13 ans, puis entreprend celle de verrier à 16 ans. Parti d'abord sur les traces de son père, il vogue de maitre en maitre, découvrant à chaque étape un « mentor » plus chaleureux et, semble-t-il, plus talentueux que le précédent, de Gautier de Chartres à Khalim Rhamir, en passant par dom Pedro et Guido Maier. Enfin, il devient lui-même un verrier prodigieux.

La quête de la lumière entamée par Nivard de Chassepierre traverse le livre d'un bout à l'autre ; elle constitue la trame même du récit et dirige les aventures du héros, ses voyages. Elle s'insinue également dans les relations de Nivard. Avec Dieu, puisqu'elle est d'abord sa manière de rechercher un Dieu qu'il ne souhaite pas retrouver via une pratique traditionnelle du catholicisme.

Avec ceux qu'ils rencontrent sur sa route, ensuite : François (« comme si la source pure dont ils avaient été abreuvés tous les deux était l'incandescente lumière qui donne naissance aux choses », p. 22-23), Rosal (« Rien ne ressemble au hasard dans notre rencontre, comme si l'âme de Thibaut t'avait placé sur ma route pour m'aider à construire cette Jérusalem céleste dont je rêvais avec lui », p. 119) et Awen (« comme si le verre avait été leur liant secret et la lumière leur affinité viscérale [...] sa communion avec Awen fait partie de ces hasards qui dépassent la raison des hommes et qui les amènent à supposer qu'il y a au-dessus d'eux un plan divin préexistant et immuable », p. 222). Tout se passe comme si leurs destins respectifs étaient liés entre eux par des fils de lumière.

La lumière le relie également à son défunt père : Nivard espère en effet, par sa quête, marcher sur ses pas. Enfin, elle est au cœur de sa relation à lui-même, son parcours lui permettant d'aller « à la rencontre de lui-même » (p. 75) et de s'améliorer, Nivard affirmant même : « Les artisans qui affinent la matière finissent par s'affiner eux-mêmes. » (p. 39)

À mesure qu'il apprend à maitriser son art, l'artiste apprend ainsi à se connaitre. Au gré des épreuves, il abandonne et reprend son métier, se perfectionne dans l'art de capter la lumière, tout en évoluant humainement et en interrogeant sa foi ; passeur de lumière, il se fait ainsi également passeur de savoir et de valeurs pour le lecteur. Sa mort survient seulement après la réalisation de sa quête : étant parvenu à trouver l'harmonie lumineuse parfaite, les « note[s] de base de la musique céleste » (p. 234), peut-être n'avait-il plus rien à chercher ici-bas ; peut-être aussi cette connaissance, aux portes du divin, n'était-elle pas destinée à l'Homme.

PISTES DE RÉFLEXION

QUELQUES QUESTIONS POUR APPROFONDIR SA RÉFLEXION…

- Que signifie le titre du roman ? À quoi fait-il allusion ?
- Interprétez la citation de Bernard de Chartres (philosophe français, mort vers 1130) qui précède le récit à l'issue de votre lecture : « Nous sommes des nains montés sur les épaules des géants. » (p. 10)
- Comment qualifieriez-vous le voyage de Nivard de Chassepierre ? Expliquez en quoi sa quête est multiple.
- De quelle manière Bernard Tirtiaux parvient-il à créer un lien de proximité entre les personnages et le lecteur, pourtant distants de nombreux siècles ?
- D'après le roman, quel lien peut-on établir entre Dieu et la quête de l'art parfait, ainsi qu'entre Dieu et la lumière ? À votre avis, d'où vient cette conception ?
- Expliquez en quoi le thème de la passion est récurrent tout au long du roman. Quelles en sont les différentes formes représentées ?
- Analysez la lettre de Rosal de Sainte-Croix au chapitre VIII. En quoi peut-on dire qu'elle résume bien l'esprit du livre ?
- En quoi l'art et la lumière permettent-ils d'échapper à la trahison du langage ?
- À quel(s) genre(s) appartient le roman ? Expliquez.
- En suivant le parcours de Nivard, le lecteur comprend que la recherche de la perfection dans l'art entraine des sacrifices parfois très difficiles. À votre avis, faut-il tout sacrifier pour l'art ? Qu'est-ce qu'un vrai artiste ?

POUR ALLER PLUS LOIN

ÉDITION DE RÉFÉRENCE

- Tirtiaux B., *Le Passeur de lumière*, Paris, Denoël, coll. « Folio », 1993.

ÉTUDES DE RÉFÉRENCE

- André P., « Vocation : passeur de lumière », in *lalibre.be*, 11 juin 2001, consulté le 17 juillet 2017. http://www.lalibre.be/debats/opinions/vocation-passeur-de-lumiere-51b872dde4b0de6db9a5e159
- Aron P., « Récit initiatique », in Aron P., Saint-Jacques D. et Viala A. (dir.), *Le dictionnaire du littéraire*, Paris, Presses universitaires de France, 2002.
- Dannemark F. (dir.), *L'école des Belges. Dix romanciers d'aujourd'hui*, Bordeaux, Le Castor Astral, 2007.
- De Decker J., *La Brosse à relire : littérature belge d'aujourd'hui*, Hannut, Éditions Luce Wilkin, 1999.
- Gérard B., « La vie, c'est ici et maintenant ! », in Van de Werve C., (dir.), *Entrées libres*, n° 48, Bruxelles, avril 2010, consulté le 17 juillet 2017. http://www.entrees-libres.be/n48_pdf/tirtiaux.pdf
- Hendrickx S., « Avec Bernard Tirtiaux, écrivain et maitre verrier », in *fibbc.net*, 7 janvier 2013, consulté le 14 juillet 2017. http://www.fibbc.net/Avec-Bernard-Tirtiaux-ecrivain-et.html
- « Noms de Dieux. Bernard Tirtiaux », entretiens par Edmond Blattchen, diffusés sur la RTBF, le 17 octobre 2006, in *sonuma.be*, consulté le

28 juillet 2017. <u>http://www.sonuma.be/archive/</u>
<u>bernard-tirtiaux-le-passeur-de-lumi%C3%A8re</u>

- 34 -

Retrouvez notre offre complète sur lePetitLittéraire.fr

- des fiches de lectures
- des commentaires littéraires
- des questionnaires de lecture
- des résumés

ANOUILH
- Antigone

AUSTEN
- Orgueil et Préjugés

BALZAC
- Eugénie Grandet
- Le Père Goriot
- Illusions perdues

BARJAVEL
- La Nuit des temps

BEAUMARCHAIS
- Le Mariage de Figaro

BECKETT
- En attendant Godot

BRETON
- Nadja

CAMUS
- La Peste
- Les Justes
- L'Étranger

CARRÈRE
- Limonov

CÉLINE
- Voyage au bout de la nuit

CERVANTÈS
- Don Quichotte de la Manche

CHATEAUBRIAND
- Mémoires d'outre-tombe

CHODERLOS DE LACLOS
- Les Liaisons dangereuses

CHRÉTIEN DE TROYES
- Yvain ou le Chevalier au lion

CHRISTIE
- Dix Petits Nègres

CLAUDEL
- La Petite Fille de Monsieur Linh
- Le Rapport de Brodeck

COELHO
- L'Alchimiste

CONAN DOYLE
- Le Chien des Baskerville

DAI SIJIE
- Balzac et la Petite Tailleuse chinoise

DE GAULLE
- Mémoires de guerre III. Le Salut. 1944-1946

DE VIGAN
- No et moi

DICKER
- La Vérité sur l'affaire Harry Quebert

DIDEROT
- Supplément au Voyage de Bougainville

DUMAS
• Les Trois
  Mousquetaires

ÉNARD
• Parlez-leur
  de batailles,
  de rois et
  d'éléphants

FERRARI
• Le Sermon sur la
  chute de Rome

FLAUBERT
• Madame Bovary

FRANK
• Journal
  d'Anne Frank

FRED VARGAS
• Pars vite et
  reviens tard

GARY
• La Vie devant soi

GAUDÉ
• La Mort du
  roi Tsongor
• Le Soleil des
  Scorta

GAUTIER
• La Morte
  amoureuse
• Le Capitaine
  Fracasse

GAVALDA
• 35 kilos d'espoir

GIDE
• Les
  Faux-Monnayeurs

GIONO
• Le Grand
  Troupeau
• Le Hussard
  sur le toit

GIRAUDOUX
• La guerre de
  Troie
  n'aura pas lieu

GOLDING
• Sa Majesté des
  Mouches

GRIMBERT
• Un secret

HEMINGWAY
• Le Vieil Homme
  et la Mer

HESSEL
• Indignez-vous !

HOMÈRE
• L'Odyssée

HUGO
• Le Dernier Jour
  d'un condamné
• Les Misérables
• Notre-Dame
  de Paris

HUXLEY
• Le Meilleur
  des mondes

IONESCO
• Rhinocéros
• La Cantatrice
  chauve

JARY
• Ubu roi

JENNI
• L'Art français
  de la guerre

JOFFO
• Un sac de billes

KAFKA
• La Métamorphose

KEROUAC
• Sur la route

KESSEL
• Le Lion

LARSSON
• Millenium I. Les
  hommes qui
  n'aimaient pas
  les femmes

LE CLÉZIO
• Mondo

LEVI
• Si c'est un
  homme

LEVY
• Et si c'était vrai…

MAALOUF
• Léon l'Africain

MALRAUX
- La Condition humaine

MARIVAUX
- La Double Inconstance
- Le Jeu de l'amour et du hasard

MARTINEZ
- Du domaine des murmures

MAUPASSANT
- Boule de suif
- Le Horla
- Une vie

MAURIAC
- Le Nœud de vipères

MAURIAC
- Le Sagouin

MÉRIMÉE
- Tamango
- Colomba

MERLE
- La mort est mon métier

MOLIÈRE
- Le Misanthrope
- L'Avare
- Le Bourgeois gentilhomme

MONTAIGNE
- Essais

MORPURGO
- Le Roi Arthur

MUSSET
- Lorenzaccio

MUSSO
- Que serais-je sans toi ?

NOTHOMB
- Stupeur et Tremblements

ORWELL
- La Ferme des animaux
- 1984

PAGNOL
- La Gloire de mon père

PANCOL
- Les Yeux jaunes des crocodiles

PASCAL
- Pensées

PENNAC
- Au bonheur des ogres

POE
- La Chute de la maison Usher

PROUST
- Du côté de chez Swann

QUENEAU
- Zazie dans le métro

QUIGNARD
- Tous les matins du monde

RABELAIS
- Gargantua

RACINE
- Andromaque
- Britannicus
- Phèdre

ROUSSEAU
- Confessions

ROSTAND
- Cyrano de Bergerac

ROWLING
- Harry Potter à l'école des sorciers

SAINT-EXUPÉRY
- Le Petit Prince
- Vol de nuit

SARTRE
- Huis clos
- La Nausée
- Les Mouches

SCHLINK
- Le Liseur

SCHMITT
- La Part de l'autre
- Oscar et la
  Dame rose

SEPULVEDA
- Le Vieux qui
  lisait des romans
  d'amour

SHAKESPEARE
- Roméo et Juliette

SIMENON
- Le Chien jaune

STEEMAN
- L'Assassin
  habite au 21

STEINBECK
- Des souris et
  des hommes

STENDHAL
- Le Rouge et
  le Noir

STEVENSON
- L'Île au trésor

SÜSKIND
- Le Parfum

TOLSTOÏ
- Anna Karénine

TOURNIER
- Vendredi ou
  la Vie sauvage

TOUSSAINT
- Fuir

UHLMAN
- L'Ami retrouvé

VERNE
- Le Tour
  du monde
  en 80 jours
- Vingt mille
  lieues sous
  les mers
- Voyage au
  centre de
  la terre

VIAN
- L'Écume des jours

VOLTAIRE
- Candide

WELLS
- La Guerre des
  mondes

YOURCENAR
- Mémoires
  d'Hadrien

ZOLA
- Au bonheur
  des dames
- L'Assommoir
- Germinal

ZWEIG
- Le Joueur
  d'échecs

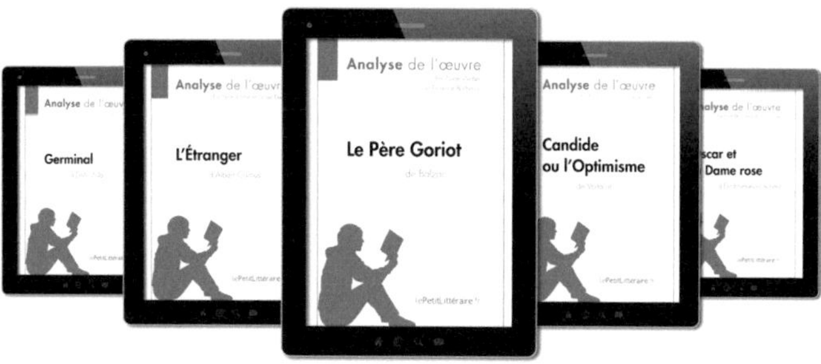

www.lepetitlitteraire.fr

ISBN version numérique : 978-2-8062-2662-4
ISBN version papier : 978-2-8062-2664-8
Dépôt légal : D/2017/12603/685

Avec la collaboration de Noémie Lohay pour l'étude des personnages de Nivard de Chassepierre, Rosal de Sainte-Croix, Soma, Awen et Khalim Rhamir, ainsi que pour les chapitres « Des personnages historiques », « Ambivalence de l'Église », « Dichotomie entre parole et art », « Bernard Tirtiaux : auteur et artiste » et « Une quête initiatique ».

Conception numérique : Primento,
le partenaire numérique des éditeurs.

Ce titre a été réalisé avec le soutien de la Fédération Wallonie-Bruxelles, Service général des Lettres et du Livre.